AF317593

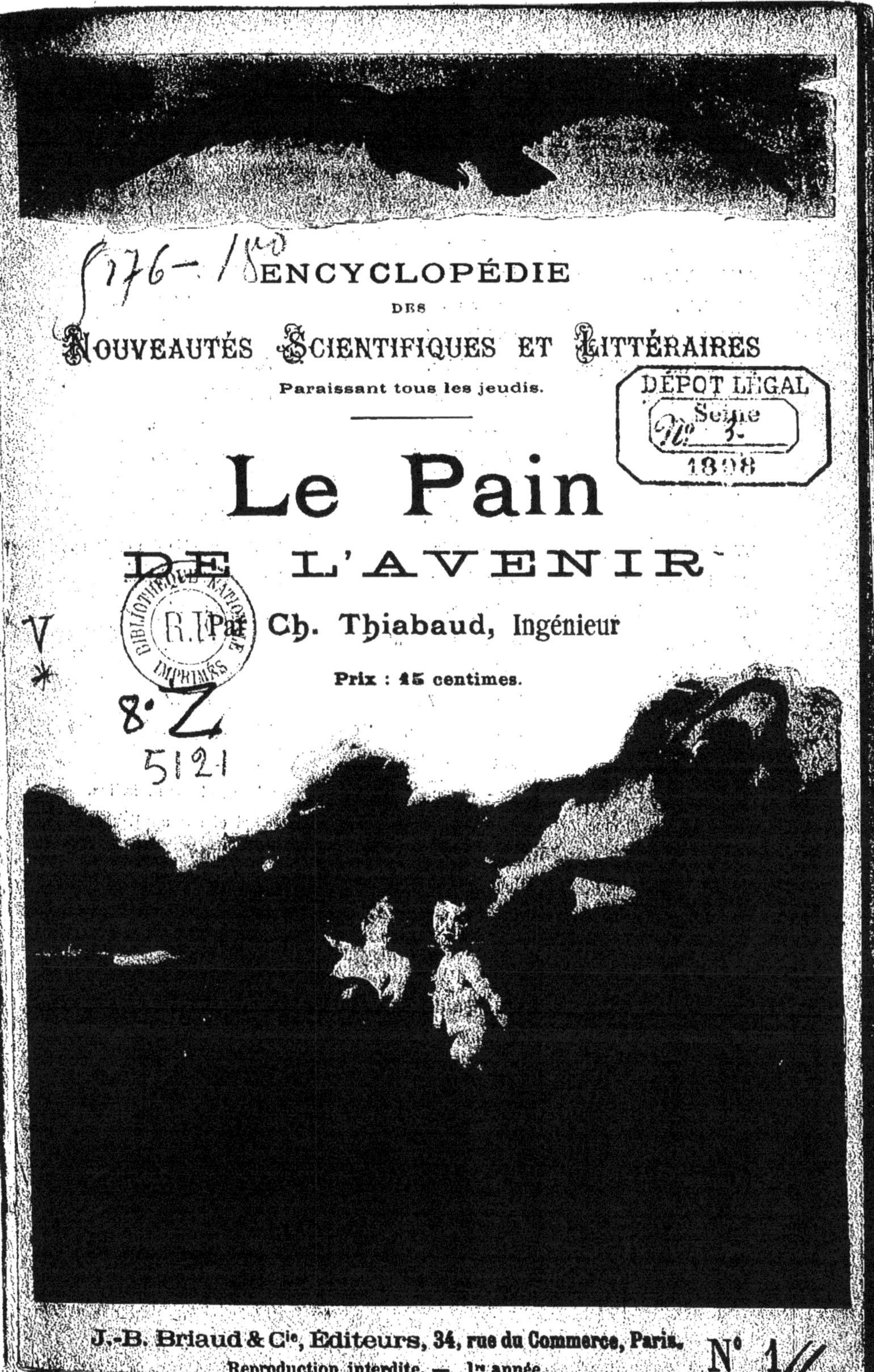

ENCYCLOPÉDIE
DES
Nouveautés Scientifiques et Littéraires
Paraissant tous les jeudis.

Le Pain
DE L'AVENIR

Par Ch. Thiabaud, Ingénieur

Prix : 15 centimes.

J.-B. Briaud & Cie, Editeurs, 34, rue du Commerce, Paris.
Reproduction interdite. — 1re année.

N° 1

ABONNEMENTS : 10 fr. par an

En préparation :

L'Aluminium.
L'Algérie.
L'Absinthe.
L'Assistance publique.
Les Aérostats.
L'Alcoolisme.
L'Acier.
L'Arménie.
L'Analgésie.
L'Acétylène.
L'Antisepsie.
L'Alsace-Lorraine.
L'Alchimie.
Les Abeilles.
L'Annam.
Les Allumettes.
Les Araignées.
Les Ballons.
La Banque de France.
Le Cœur.
Les Cyclones.
Le Cuir.
Les Cloches.
Le Chocolat.
Christophe Colomb.
Le Caoutchouc.
Le Café.
Le Corail.
Le Chat.
La Céramique.
Le Croup.
Le Charbon.

Le Choléra.
La Crète.
Le Diamant.
Le Diabète.
Les Égouts.
L'Eau.
L'Ergotisme.
L'Éléphant.
L'Évolution.
L'Épilepsie.
L'Éclairage.
L'Égypte.
Les Étoiles filantes.
Le Fer.
Les Fourmis.
Les Fourrures.
La Goutte.
Gay-Lussac.
La Galvanoplastie.
Les Glaciers.
Hoche.
L'Hystérie.
Les Impôts.
Jeanne d'Arc.
Le Juif à travers les âges.
La Lune.
Les Localisations cérébrales.
La Lèpre.
Le Libre Échange.
Lavoisier.
La Musique.
Madagascar.

Le Nickel.
La Neurasthénie.
Newton.
L'Or.
L'Obésité.
Le Paratonnerre.
La Phagocytose.
Le Pôle nord.
Les Perles.
La Photographie des couleurs.
Le Protectionnisme.
La Poste aux lettres.
Le Pétrole.
La Peste.
Les Rayons X.
Richelieu.
Le Siam.
Le Sang et ses maladies.
Le Sel et ses applications
   modernes.
Stercora.
Le Transformisme.
Le Thé.
Le Téléphone.
Le Tabac.
La Théorie atomique.
La Tuberculose.
Les Tremblements de terre.
Le Télégraphe sans fil.
Les Tours.
Vasco de Gama.
La Viande, etc., etc.

LE PAIN DE L'AVENIR

PAR

CHARLES THIABAUD, INGÉNIEUR.

INTRODUCTION

La pénurie des céréales, et en particulier du froment, a suscité plus de révolutions que les exactions, les injustices et les tyrannies les plus odieuses exercées par le pouvoir envers le peuple. C'est que la famine est la compagne habituelle de la disette du blé et quand le pain, cette nourriture par excellence, vient à faire défaut, les autres sources alimentaires deviennent impuissantes à le suppléer.

La faim aiguillonnant les estomacs est un stimulant énergique pour surexciter les esprits. Avec son cortège de souffrances et d'agonie lente, elle ne tarde pas à décimer les populations. Le respect dont on entoure la loi s'évanouit alors devant la désolation publique.

LES GUERRES CIVILES. — L'imprévoyance des dirigeants est inexcusable quand elle entraîne la privation des aliments les plus indispensables à la vie d'une nation; mais lorsque le monopole et la concussion ont en outre l'audace de spéculer sur la rareté d'un produit de première nécessité et d'exploiter la misère, alors la colère et la rage s'emparent des plus respectueux de la légalité et enflamment les plus timorés.

La fureur populaire se déchaîne d'abord contre les magistrats chargés de la direction des affaires; puis les haines accumulées et les vengeances se donnent libre carrière; les ruines se multiplient devant l'impuissance de la loi et les excès de la foule viennent augmenter la détresse publique.

La faim est mauvaise conseillère, dit un vieil aphorisme. Quand le bien-être ou l'aisance règne, les nations les plus turbulentes supportent les régimes les plus tyranniques. Les manifestations isolées contre les exactions et les injustices n'ont point le don d'émouvoir la foule.

Les soulèvements populaires qui ont causé les perturbations les plus profondes ont eu pour origine le dénûment et la misère. L'histoire est remplie d'événements survenus pendant les périodes de disette.

En Perse comme en Égypte, chez les Grecs, comme chez les Romains, les conspirations contre le pouvoir et les usurpations dynastiques furent facilitées par la misère du peuple dans les années stériles. Aussi les empereurs romains, pour prévenir les troubles, avaient recours à des distributions périodiques de blé quand la famine menaçait de sévir.

Les réclamations se bornaient à cette faveur agrémentée des jeux du cirque : *Panem et circenses.*

Chez nos pères les Gaulois, la Jacquerie, les Maillotins et toutes les insurrections locales qui agitèrent la féodalité, soit pour satisfaire l'ambition de quelques seigneurs ou la vanité d'une princesse, soit pour arracher le peuple de l'oppression, eurent pour appui la misère provoquée par l'insuffisance des récoltes en blé.

Plus près de nous, la Révolution de 1789, qui s'étendit sur toute l'Europe et apporta des modifications si profondes dans notre système politique, ne dut ses progrès qu'à la disette et à la famine. C'est au cri : *du pain ou la mort* que les journées les plus sanglantes de cette tourmente émancipatrice consignèrent dans l'histoire les conquêtes de la liberté.

ORIGINE DU PAIN

Il serait difficile d'assigner une époque précise de la transformation des céréales en un produit compact, légèrement humide, présentant des qualités de goût et de saveur distinctes des matières originelles.

L'homme étant né herbivore, les premiers aliments qui ont servi à sa nourriture ont été sans doute des fruits. L'abondance régnait pendant toute la période de végétation. Mais quand la terre s'abandonnait au repos à l'époque de la saison hivernale ou pluvieuse, il se voyait contraint de courir à la recherche d'une proie vivante.

Lorsqu'il eut asservi à ses besoins les animaux qui lui donnèrent du lait pour se nourrir, de la toison pour se vêtir, il trouva encore dans leur propre chair une nourriture toujours à sa portée. Sa vie, moins exposée aux hasards d'une chasse fructueuse, devint moins agitée; il se modéra dans ses courses aventureuses et se contenta d'être pasteur.

Dans sa marche lente au milieu de son troupeau il cueillit du blé, constata sa valeur nutritive et s'appliqua à le cultiver. Dès lors, il s'attacha au sol et fonda des cités. De nomade, l'homme devint sédentaire et l'on peut dire que l'origine de la culture du blé se confond avec celle de la civilisation.

CHEZ LES ANCIENS. — Lorsque ces sociétés barbares ou patriarcales apparaissent dans l'histoire, elles nous sont représentées comme utilisant le grain concassé et réduit en bouillie ou en pain.

Les Aryas sont considérés par de nombreux savants comme le type de l'homme primitif. Son berceau est placé sur les bords de l'Indus. Les mœurs de ces peuples, qui peu à peu se déversèrent sur la Chine et en furent probablement les premiers habitants, nous révèlent un caractère patriarcal.

Pasteurs et nomades, l'orge composait leur principal aliment. Ils la faisaient griller, puis la broyaient dans un mortier. Ils préparaient avec sa farine des bouillies relevées par le lait, l'huile et le miel.

L'histoire de la Chine, qui remonte à plus de 3,600 ans avant notre ère, nous montre un de ses premiers empereurs enseignant la culture des champs à ses sujets. Il inventa la charrue et fut surnommé le *Laboureur divin*.

L'Écriture cite fréquemment l'emploi des céréales sous toutes les formes et le prix inestimable que l'on attachait à la nourriture quand elle se présentait sous la forme de pain.

Abraham, recevant trois anges délégués par Dieu auprès de lui, dit à Sara : » Pétrissez vite trois mesures de la plus pure farine et faites des pains cuits sous la cendre. »

Homère, de son côté, nous représente Automédon servant le pain dans le festin qu'Achille offrit à Priam.

Chez les Grecs, le pain était considéré comme le symbole de l'union. Pendant la cérémonie du mariage. les époux mangeaient du pain coupé avec une épée.

Plus tard, on ne se contenta plus de mêler l'eau à la farine. On fabriqua le pain en l'additionnant d'huile, de graisse, de lait, de fromage, de miel, de vin doux, de sel, d'épices et même des légumes. La cuisson s'opérait sous la cendre, sur des charbons ou entre deux fers. Parfois on cuisait le pain deux fois ; il devenait alors tellement sec et dur qu'on était obligé de le triturer.

Pline raconte que, parmi les diverses qualités de pain en usage chez les Romains, il y avait le pain du Picenum, qui était fait avec du gruau. Celui-ci devait tremper pendant neuf jours dans l'eau ; le dixième jour, on le pétrissait avec du jus de raisins secs, puis on le faisait cuire ou sécher dans des pots. Cette préparation, avant d'être consommée, était mélangée avec du lait et du miel. Pour augmenter sa blancheur et surtout sa délicatesse, Caton conseillait de mêler de la craie au gruau. Les habitants de la Campanie prétendaient que sans craie il était impossible de faire de bon gruau.

IMPORTANCE DU PAIN

Quand l'homme eut reconnu les ressources qu'il pouvait retirer du pain, sa préoccupation constante fut d'en posséder toujours à loisir. Aussi, sa première pensée, en invoquant la divinité de lui être tutélaire, se reporte vers cette nourriture par excellence qu'il croit indispensable à sa vie.

Il sollicite dans sa prière la grâce d'en obtenir une ration journalière. Avec le pain quotidien, il aura la vie assurée et sera capable de remplir la mission qui lui a été confiée ici-bas.

Le blé fut d'abord consommé sous sa forme naturelle après avoir subi la cuisson directe du feu, puis concassé, trituré, et réduit en bouillie. Enfin la pâte desséchée sous la cendre constitua le pain primitif. Dans ce dernier état, le blé acquérait une saveur nouvelle et procurait une nourriture plus appétissante.

Le froment bouilli est un mets lourd et difficile à digérer ; mais lorsqu'il est supporté par l'estomac il possède une grande puissance nutritive. Sous forme de pain, les propriétés digestives sont augmentées par la cuisson, et la valeur alimentaire est accrue par l'assimilation plus complète de tous les éléments qui constituent les bases de la nourriture.

On a prétendu que la consommation du pain chez une nation était un indice servant à mesurer l'étiage de civilisation à laquelle elle était parvenue. Balzac est même allé plus loin. Il soutenait que la nourriture tirée du grain de blé donnait de l'esprit. Il a tenté de démontrer que les peuples sont d'autant plus spirituels qu'ils consomment plus de pain.

Il ne nous sied point d'entreprendre une réfutation qui est toute à notre avantage. Puisqu'il est établi par de nombreuses statistiques que le peuple français est le plus gros mangeur de pain, il s'en suivrait par ce seul fait qu'il est le plus spirituel de la terre.

LES CÉRÉALES

Toutes les céréales que l'homme emploie pour son alimentation sont en général moulues avant d'être utilisées. Le blé, le seigle, le maïs et le sarrasin, soit à l'état pur, soit à l'état de mélange, servent dans nos contrées à la fabrication du pain. L'orge employée dans la brasserie, et l'avoine destinée à l'alimentation des chevaux ne sont pas soumises à la mouture. Le riz que nous consommons subit un simple décorticage.

Le blé. — Le froment, que l'on désigne généralement sous le nom de *blé*, comporte plusieurs variétés qui se sont acclimatées et propagées suivant les régions. Les grains sont de diverses grosseurs et l'épi en comporte un nombre variable.

Des agriculteurs prétendent que le volume et la qualité des espèces cultivées au commencement de ce siècle ont subi une dégénération. Ils en attribuent volontiers la cause à l'épuisement de la terre et à la surproduction.

Si on voulait en croire une tradition arabe, le blé aurait été apporté du ciel par l'ange Michel et ce blé céleste était alors de la grosseur d'un œuf d'autruche. L'homme étant devenu impie, le grain de blé fut réduit à la grosseur d'un œuf de poule; puis, peu à peu, il diminua à mesure qu'augmentait l'incrédulité humaine pour atteindre le volume d'un œuf de pigeon. A l'époque où Joseph était ministre du pharaon égyptien, il était encore de la grosseur d'un haricot.

L'impiété de l'homme n'aurait donc point cessé de se développer depuis son apparition sur la terre, car il serait difficile de trouver aujourd'hui un grain de blé pouvant rivaliser par son volume avec un œuf de roitelet ou un pois.

Fertilité du sol. — Ce que l'on considère comme une dégénérescence ne provient en réalité que du défaut de soins dans la culture. Le sol sur lequel on veut répandre la semence doit être profondément remué et renfermer sous forme d'engrais les aliments qui conviennent à la nourriture de la plante, en un mot doit être fertile. Alors le grain que l'on recueillera sera replet, bien rempli et rendra 40 pour 1. Si le sol est maigre et n'a pas été convenablement ameubli, le produit que l'on obtiendra sera ridé, vide de farine et donnera péniblement 3 pour 1.

De la fertilité du sol dépendent la qualité de la récolte et son abondance. Pour obtenir de bons grains, il ne suffit pas que les actes de la végétation s'accomplissent, il faut encore que la chaleur et l'humidité interviennent pendant toute la période du développement de la plante.

Le blé ne croît que dans les climats tempérés. Les régions équatoriales comme les régions polaires ne sont pas favorables à sa végétation.

Le problème de la production agricole du blé n'est pas résolu par le choix de bonnes variétés. L'observation et l'expérience doivent déterminer celles dont le terrain et le climat sont les plus favorables pour obtenir un blé nutritif renfermant toutes les qualités que l'on est en droit d'exiger de cet aliment.

Au point de vue agricole, il serait intéressant que l'on établît une distinction dans les qualités de blé. Certains agriculteurs apportent dans leur culture un soin qui favorise l'augmentation du rendement. Avec une distribution judicieuse des engrais, le blé qui se développe sur un terrain fertile offre une composition de plus en plus riche en matières alimentaires. L'agriculteur a donc le droit d'espérer que le consommateur lui tiendra compte des qualités nutritives de son froment.

La pratique du commerce des céréales est telle qu'elle n'a jamais attaché de l'importance à cette distinction. On néglige la valeur réelle du produit pour s'attacher à des apparences. La même méthode est encore en usage pour les fruits ; on recherche la beauté des formes et les couleurs chatoyantes de l'enveloppe pour négliger le parfum, la délicatesse et les qualités alimentaires qu'ils possèdent.

Cette règle était encore récemment appliquée à la betterave, dont la culture a pris une extension prodigieuse au point de vue industriel. On est revenu à une plus saine appréciation de ses qualités en l'évaluant d'après sa dose de sucre.

Il serait important d'appliquer les mêmes procédés pour l'évaluation du blé. Les éléments nutritifs devraient seuls servir de base pour en déterminer la valeur.

La mouture, de son côté, devrait s'appliquer à conserver à la farine toutes les propriétés du grain, à exalter ses vertus, afin de la rendre plus assimilable et d'une meilleure conservation.

La mouture jusqu'a nos jours. — Parmi les engins préhistoriques que des fouilles ont amenés au jour, on en retrouve qui, sans doute, étaient destinés à la mouture du grain. Ils ont tous la même forme : de grandes dalles de pierre plate sur lesquelles se mouvait un rouleau de même nature actionné à la main. Certaines tribus de l'Amérique du Nord ont encore aujourd'hui recours à ce procédé.

L'ancienne Égypte avait appliqué un système similaire de trituration du blé dont on retrouve l'application chez les peuplades de la Haute Nubie.

La meule fit son apparition en Grèce ; les Romains la perfectionnèrent et, jusque vers le xvie siècle, on n'apporta aucune amélioration sensible dans ses dispositions.

La purification par le blutage était inconnue aux Égyptiens. Ils employaient pour la fabrication du pain la totalité du grain trituré ; ils obtenaient le pain complet que des spéculateurs ont vainement tenté de remettre en vogue dans ces dernières années. Les Romains ont pratiqué la séparation de la farine et du son par un tamisage.

Le blutage n'était pas opéré par le meunier, mais par le boulanger. Cette pratique s'est conservée chez nous jusqu'au xviie siècle. Le rendement en farine était très faible, la plus grande partie du grain restait à l'état de son et de gruaux.

Pendant longtemps, on avait considéré ce produit riche en matières azotées comme impropre à la nourriture de l'homme. De nombreux édits en avaient même interdit l'emploi en France sous les rois de la seconde et de la troisième race.

Les pertes de ce chef s'élevaient à un chiffre énorme. En effet, un setier de blé pesant 240 livres donnait à peine 90 livres de farine et le reste était abandonné aux animaux. « Aussi les bêtes regorgeaient-elles de nourriture, dit Parmentier, tandis que les hommes manquaient de pain. »

Au xviie siècle, les idées se modifièrent. Le meunier put reprendre les issues qu'il fit passer jusqu'à trois et quatre fois dans le moulin pour en extraire des gruaux et de la farine. Les meules furent en même temps perfectionnées ; et enfin, dans ces dernières années, l'apparition des moulins à cylindres opéra une révolution dans la mouture.

Ils se substituèrent en grande partie aux anciennes meules, qui furent délaissées.

On se trouve donc aujourd'hui en présence de deux systèmes de mouture : l'ancien moulin à meule que de nombreux partisans ne veulent point abandonner, et le nouveau moulin à cylindre, plus économique, moins encombrant et plus conforme à nos exigences modernes.

Les deux méthodes ont chacune leur mérite dans la situation actuelle. Le moulin à meule avec ses perfectionnements peut rendre de nombreux services dans des applications spéciales. Ses dimensions ont été réduites ; le métal a même remplacé la pierre. Ses installations monumentales ont fait place à des appareils d'un volume plus réduit.

Le moulin à cylindres, avec sa compression et sa trituration méthodique, permet d'obtenir toutes les variétés de la mouture avec une régularité ponctuelle. Le grain se déforme progressivement et se vide de farine méthodiquement en laissant échapper d'abord la partie centrale plus friable pour atteindre ensuite la partie voisine de l'enveloppe plus granuleuse.

Par ces deux procédés on obtient des farines blanches que le goût public a consacrées supérieures. Cette idée fausse a entraîné le meunier dans une voie funeste et l'a poussé à exclure de cet aliment indispensable les parties nutritives qui en font toute la valeur.

Taxe du pain. — La question des subsistances préoccupa toujours et à juste titre les magistrats qui veillaient au salut de leurs concitoyens. De même qu'en cas de guerre, la défense sociale est la loi suprême, de même la préservation contre la famine devient l'objectif des directeurs des peuples.

Rome avait rangé les boulangers en collège dont nul ne pouvait se retirer, et leurs enfants, dès leur naissance, faisaient partie de la corporation. Le blé était livré à ce collège à un prix réduit pour que le peuple obtînt du pain à bon marché.

En France, l'État ne cessa de surveiller la fabrication et la vente du pain. Sous la monarchie des rois de la première race, cette surveillance reposait sur un motif intéressé. Ainsi un droit était perçu sur tous les boulangers de

Paris. Des privilèges étaient accordés aux boulangers des autres centres, tels que l'exemption de la taxe, de la garde de la ville, etc. Il y eut des séries d'ordonnances qui fixèrent la taxe du pain.

La Révolution, qui détruisit tant de privilèges, conserva la taxe du pain tout en octroyant aux municipalités le droit d'en déterminer le prix de vente.

En 1863, le gouvernement a établi la liberté du commerce de la boulangerie.

LE PAIN MODERNE

TRAITEMENT DU GRAIN. — Le blé récolté, on sépare le grain du chaume qui le porte, des enveloppes qui l'entourent et constituent une gaine, le préservant contre la chaleur du soleil et la fraîcheur de la nuit.

Cette opération se pratique par le battage. Quand la maturité est complète, le grain se détache de la tige en froissant l'épi ou en le battant avec un fléau. Aujourd'hui, le battage s'opère mécaniquement et donne un blé débarrassé de toutes les parties inutiles.

Malgré les perfectionnements apportés dans les batteuses, il reste encore de la terre, du sable et d'autres corps étrangers adhérents aux grains, qu'il est indispensable d'écarter avant de le soumettre à la mouture.

La meunerie moderne, comme toutes les grandes industries, a concentré dans de vastes usines de nombreux appareils pour le traitement des céréales. Elle a réuni tous les mécanismes qui en facilitaient l'épuration.

Au moyen de trieurs, les graines et les corps lourds qui se trouvent mélangés au blé sont séparés. En le plongeant ensuite dans un réservoir d'eau, où il subit un lavage superficiel, on se débarrasse des poussières qui le recouvrent.

Les matières étrangères que l'on n'est point parvenu à extraire se classent dans leur chute, à travers la masse liquide, suivant leur ordre de densité. En sortant du laveur, le blé se trouve débarrassé de tout ce qui pouvait altérer la blancheur de la farine.

La dessiccation du grain a lieu aussitôt après le lavage,

au moyen d'une ventilation énergique. La mouture peut s'effectuer dans d'excellentes conditions en raison du ramollissement de la partie cornée du grain.

EXTRACTION DES FARINES. — Le grain étant épuré autant que les ressources mécaniques le permettent, on peut procéder à la trituration du grain. L'industrie meunière, avant de pratiquer la mouture, lui fait subir une opération qui consiste à éliminer le germe.

Des chimistes ont poussé les meuniers à se débarrasser au préalable du germe, qui, prétendent-ils, restreint la durée de conservation des farines. Pour cela, on fait passer le grain dans des appareils qui ouvrent légèrement les deux lobes et en même temps détachent le germe.

Ce travail délicat s'opère aujourd'hui dans toutes les installations qui livrent leurs farines au commerce de la spéculation. L'élimination du germe affaiblit le rendement des céréales en même temps qu'il ravit une matière précieuse au point de vue nutritif.

Le grain est soumis alors à la mouture. On l'introduit dans le moulin, où il est réduit en une poussière ténue. La désagrégation de l'enveloppe et de l'amande donne une farine que l'on désigne sous le nom de *boulange*. Que l'on emploie pour ce travail les moulins à meules ou à cylindres, le résultat obtenu est identique.

C'est dans cet état qu'on pratique la sélection du son au moyen du blutage. La farine recueillie est ensuite catégorisée suivant la finesse du grain en passant à travers des sasseurs. On obtient des farines friables, blanches, que l'on soumet à la panification.

LA PANIFICATION. — La boulangerie mélange de l'eau à la farine et la délaie de façon à constituer une pâte homogène. Pour rendre le pain léger et sapide, on maintient la pâte à une douce température, afin qu'elle subisse un commencement de fermentation.

Cette réaction chimique s'opérerait d'une façon fort inégale si on l'abandonnait à elle-même. On facilite cette action fermentescible en mêlant à l'eau et à la farine une certaine quantité de pâte légèrement acide, qui, délayée, porte dans toute la masse des ferments.

Sous l'action de la chaleur, la fermentation s'opère

uniformément dans la partie interne de la pâte : une partie de l'amidon de la farine se transforme en sucre, puis en alcool, et dégage de l'acide carbonique. Ce gaz retenu dans les mailles, formées par le gluten de la farine, reste emprisonné dans la pâte et se dilate sous l'action de la chaleur. Il produit ainsi cette multitude de trous ou cavités, qui augmentent le volume du pain, le rendent moins lourd pour l'estomac et plus facilement attaquable par les sucs de la digestion.

La fermentation s'accomplit dans un temps variable suivant la quantité de levure employée, sa force et la température dans laquelle on entretient la pâte.

La cuisson. — Lorsque le boulanger reconnaît que la fermentation est suffisante, il prépare ses pains et les soumet à la cuisson.

Le four est une chambre généralement circulaire, avec plafond bas en brique. On le chauffe en introduisant des bûches de bois, qui se consument sur les dalles. On retire les cendres et les charbons incomplètement brûlés quand le four possède une chaleur suffisante ; on nettoie la sole et l'on introduit la pâte préparée sous forme de pain.

Le chauffage se pratique aussi en plaçant sous la sole du four un foyer qui entretient une température constante, après avoir communiqué à l'intérieur de la chambre du four une chaleur suffisante pour la cuisson du pain.

La pâte se transforme et une partie dure enveloppe le pain. La croûte formée possède un goût particulier ; elle est plus digestible que la partie centrale constituée par la mie.

Tel est le procédé le plus répandu pour la fabrication du pain.

Le pain qui ne nourrit plus. — La farine blanche fournit un aliment médiocre qui nous oblige à consommer de la viande. L'expérience de Magendie témoigne de la faible valeur nutritive du pain blanc. Un chien nourri exclusivement de pain blanc est mort le quarantième jour, alors qu'un autre chien nourri avec du pain bis s'est toujours conservé en bonne santé.

Liebig avait observé que le pain obtenu par l'emploi de la totalité du grain était plus nourrissant et plus facile à digérer que celui fabriqué avec la farine la plus fine et la plus blanche. Aussi le préconisait-il pour la nourriture des malades, surtout à l'égard de ceux dont la digestion était difficile.

Le chimiste français Millon dit à ce sujet : « Le son est une substance essentiellement nourrissante; si d'un côté il renferme 6 0/0 de matière ligneuse de plus que la farine, il renferme aussi plus de substances azotées, le double de matières grasses et en outre deux substances aromatiques dont l'une rappelle l'odeur du miel. Nous ne trouvons dans la farine blutée aucune trace de ces matières. Donc, par cette opération de bluter la farine, nous l'appauvrissons en matières azotées et, pour isoler quelques millièmes de matières ligneuses, nous lui enlevons des principes aromatiques et savoureux d'une grande utilité. »

Il ajoutait qu'il était utile, nécessaire même de nettoyer les céréales par l'eau. Un aliment ne peut être sain qu'à la condition d'être pur, c'est-à-dire indemne de toute souillure.

L'élément naturel de nettoyage, c'est l'eau.

INSUFFISANCE DU PAIN BLANC

La fabrication des farines qui servent à confectionner cet aliment est caractérisée par deux faits : élimination du son et des membranes extérieures du grain et séparation du germe. Cependant c'est dans ces dernières parties que se condense le gluten, que sont concentrées les matières minérales et le phosphate de chaux si utile à l'organisme.

Les études de Barral, de Boussingault, de Mège-Mouriès, de Payen, etc., démontrent leur importance. Un savant hygiéniste, Stephen Ferry, s'exprima ainsi devant la société des ingénieurs civils de Londres au sujet du traitement des farines et de l'élimination des matières colorées qu'elles renferment.

« Quand cela se produit dans une institution, dans une communauté d'enfants dont la nourriture principale est le pain, et surtout pendant que la croissance exige une forte proportion de matériaux destinés à former les os et les tissus, la santé générale en est gravement affectée. Je pense qu'ingénieurs et médecins conviendront avec moi que les procédés appliqués à la préparation du pain devraient être tels qu'il en résulte un aliment renfermant tous les éléments qui, anciennement, l'ont fait appeler le *soutien de la vie.* »

L'inertie intestinale, qui cause tant de désordres dans l'économie, est généralement attribuée à l'usage d'un pain fabriqué avec des farines trop féculentes. Les médecins sont d'accord pour reconnaître qu'avec le pain d'amidon sans consistance, tant recherché de nos jours, on ne fabrique que des anémiques.

La science allemande a porté un jugement encore plus sévère sur le gaspillage des matières qui devaient se rencontrer dans le pain. Elle prétend qu'il faut attribuer la diminution de la longévité humaine à la défectuosité du pain.

La meunerie moderne, à laquelle on attribue tous les défauts que l'on reproche au pain, a été rendue responsable d'un méfait d'un autre genre. Elle privait tellement nos farines des éléments les plus nutritifs contenus dans le germe du blé, qu'un reconstituant nouveau, portant le nom caractéristique de *fromentine*, paraissait il y a peu d'années.

« La fromentine, dit un agriculteur, analysée par M. Aimé Girard et dont le docteur Dujardin-Beaumetz faisait l'éloge à l'Académie de médecine, n'est qu'une farine préparée avec le germe enlevé par le meunier au grain du blé. Elle est plus nutritive que tous les légumes connus, que le lait concentré, que toutes les farines lactées. »

Etrange aberration du progrès moderne, qui nous a conduits à éliminer du pain quotidien les éléments de la vigueur et de la santé pour les aller reprendre au poids de l'or chez le pharmacien d'en face !

Progrès a rebours. — Les procédés anciens fournissaient une farine moins blanche que celle obtenue aujourd'hui, mais plus riche en éléments nutritifs. On répète de tous côtés que le progrès préconisé avec la blancheur sert de masque pour dissimuler l'impuissance du meunier. Ce n'est point seulement un arrêt qu'éprouve la première de nos industries alimentaires, c'est un recul.

Pour démontrer ces assertions, les détracteurs du pain blanc nous rappellent l'engouement momentané qui s'est emparé de Paris, il y a quelques années, en apprenant les vertus du *pain complet*, le pain fabriqué avec le grain trituré sans blutage, le pain de nos premiers pères, celui qui sert encore à l'alimentation de certaines peuplades barbares du centre de l'Afrique.

Ce pain grossier où le son était mélangé à la plus pure farine valait sans doute le pain d'amidon d'une blancheur immaculée. Pour que le consommateur ait accepté de revenir ainsi sans transition au pain primitif, il faut donc considérer les progrès de la meunerie comme factices.

D'ailleurs, les analyses chimiques ne démontrent-elles pas que l'on élimine la majeure partie de ce qui est l'essence de la nourriture alors que le but de la meunerie devrait tendre à la conserver? L'aberration de l'esprit public et la croyance entretenue de la supériorité de cet aliment caractérisé par la blancheur sont, d'un côté, le résultat de la vanité et de l'ostentation, et de l'autre, de la spéculation et de l'impuissance.

A tous ces blâmes, vient s'ajouter un reproche plus grave. En raison de la faible valeur nutritive du pain, l'ouvrier est obligé de consommer près du double de la ration qui lui serait nécessaire. S'il joint encore à sa nourriture d'autres féculents : pommes de terre, haricots, lentilles, pois, etc., la soif augmentera.

Le pain blanc, que l'on recherche avec tant d'avidité, contribue particulièrement au développement de l'alcoolisme. Les farineux exercent dans notre organisme une action spongieuse sur les liquides digestifs.

« Pour que la transformation d'amidon en sucre, dit le docteur Bouchardat, puisse s'effectuer, il lui faut sept parties d'eau ; tant que le sujet ne les a pas ingérées, il est tourmenté d'une soif à laquelle il lui est impossible de résister. »

« Phénomène étonnant! s'écrie un hygiéniste, il semble qu'à mesure que l'agriculture s'efforce à produire un blé de plus en plus riche au point de vue alimentaire, les meuniers rivalisent d'ardeur pour le dépouiller de la plus grande partie de ses éléments nutritifs.

« C'est en vain que le médecin, sur l'anémie des enfants des adultes, conseille les aliments fortifiants et ordonne la farine d'avoine, le phosphate de chaux, de fer, la viande crue, le lait concentré, etc., quand tous les éléments recherchés se trouvent dans le pain et seraient facilement assimilés sous cette forme par les tempéraments débiles. »

Défense des meuniers. — Ces reproches que les médecins, les hygiénistes et les savants adressent à des industriels ne doivent s'appliquer qu'à un système défectueux et à une situation économique spéciale. Les meuniers ont voulu donner satisfaction au goût du public qui a consacré la méthode, caractérisée par la blancheur du pain. Elle est fondée sur une erreur grossière, entretenue pour faciliter la spéculation de la matière première. Mais comment résister à cette mode insensée ?

Les pertes causées par les procédés actuels de la mouture ravissent à l'homme une nourriture fortifiante. Le bétail, il est vrai, bénéficie de cette élimination et nous la rend en nous livrant sa propre chair à la consommation.

La séparation est utile pour la conservation des farines. Le commerce entasse à certaines époques des stocks considérables de cette marchandise dont le séjour prolongé dans des magasins causerait une altération plus rapide si l'on ne tentait d'y remédier en écartant les ferments qui la favorisent.

Ces considérations viennent atténuer la responsabilité que l'on fait peser sur la meunerie. Toutefois il faudrait d'abord détruire dans le public les idées erronées qui ont cours et ensuite s'abstenir de faire supporter de longs séjours dans des magasins à une marchandise susceptible de se détériorer.

Les farines blanches, il faut le reconnaître, possèdent quelques avantages. Ne renfermant plus l'huile contenue dans le germe éliminé, elles se conservent presque indéfiniment ; de plus, le pétrissage mécanique étant encore d'une application restreinte, le travail de la préparation de la pâte est moins pénible pour l'ouvrier. Les farines chargées en gluten sont plus liantes et nécessitent des efforts plus considérables. Enfin, la cuisson s'opère plus rapidement ; elle exige par conséquent moins de chauffage.

Dans notre siècle économique, les qualités inhérentes au travail et à la cuisson de la pâte sont estimées de la boulangerie en raison du prix de revient moins élevé que celui du traitement des farines entières, mais le pain obtenu est aussi inférieur comme richesse alimentaire.

L'INTÉRÊT PUBLIC

Doit-on s'arrêter à ces considérations commerciales quand il s'agit d'un aliment aussi indispensable à la vie ?

Les avantages réels que l'on doit rechercher résident dans la conservation de tous les éléments nutritifs.

Le commerce et l'industrie sauront vaincre les difficultés, quand on exigera des farines les qualités que l'on a considérées jusqu'ici comme des défauts.

Que nous importent la facilité du travail et l'économie de la cuisson, si le produit de la boulangerie nous ravit une partie de notre nourriture ! Le public n'a pas à connaître des économies que les industriels réalisent.

Les appareils mécaniques devraient remplacer la main de l'homme dans le travail du pétrissage. L'hygiène et une bonne fabrication le commandent. Mais la routine est plus puissante que les conseils de la science. Les sages avis des hygiénistes et les avertissements, que la médecine donne timidement sur la contamination par le pain, ne prévaudront pas contre les habitudes invétérées.

Les falsifications des farines blanches, au moyen de fécule étrangère au blé, ont souvent permis de livrer un pain peu nourrissant sous des apparences de qualité supérieure.

Il occasionnait alors chez les consommateurs de graves désordres dans l'économie, tout en ne fournissant qu'une fraction des éléments nutritifs du blé.

L'intérêt que présentent les farines blanches ne concerne que le spéculateur et, par répercussion, le boulanger en bénéficie. Le public n'en recueille aucun profit.

Est-il prudent de continuer les vieux errements entretenus par la spéculation dans une question primordiale qui touche à la vie du peuple et au bien-être social ? Les réformes préconisées ne relèvent point du domaine de l'uto-

pie ; leurs réalisations n'exigent point de nouvelles découvertes.

La chimie nous indique les modifications qui surviennent dans la transformation de la farine en pain, les réactions qui se développent dans le sein de la pâte en fermentation ; les pertes qu'elles occasionnent et enfin les qualités que nous devons rechercher dans cet aliment. Elle nous montre l'erreur que nous commettons en nous privant de matériaux que nous allons puiser à des prix onéreux dans d'autres substances.

La mécanique nous enseigne le moyen d'écarter du grain de blé les parties inutiles et même nuisibles qui l'enveloppent tout en conservant sa richesse alimentaire. Elle nous vient en aide pour accomplir le travail du pétrissage, si pénible pour les ouvriers préposés à cette manutention. Elle donne en même temps satisfaction aux esprits philanthropiques, qui se font les vigilants gardiens de la santé publique.

L'intérêt public réclame qu'on lui fournisse du pain nourrissant sous un faible volume, hygiénique et à bon marché. Satisfaction doit lui être donnée.

D'un côté, la lutte est engagée par les partisans des farines blanches, peu nutritives, d'une conservation facile, se travaillant sans effort et procurant un pain d'un aspect flatteur ; de l'autre, les hygiénistes, les économistes et les savants voudraient conserver au pain toutes les vertus qu'ils constatent dans le grain du blé.

La réforme que ces derniers sollicitent n'est point facile à réaliser. De nombreux intérêts sont engagés dans les procédés appliqués.

On rencontre une résistance opiniâtre de la part des industriels, qui pratiquent la mouture du blé. Cette opposition trouve un écho approbatif chez le consommateur.

Les arguments que la science apporte pour détourner le public de la voie dangereuse qu'il poursuit en se laissant guider par la couleur blanche doivent s'étayer sur un système d'appareils de fabrication. Les discussions théoriques ne font point progresser les questions si elles ne se traduisent pas par une application de la méthode que l'on veut faire accepter.

LE PAIN· DE L'AVENIR

A la voix des médecins et des hygiénistes, qui gémissaient depuis longtemps sur l'emploi des farines pauvres pour la préparation d'un aliment incomplet, aux remontrances timides des économistes, qui s'élevaient contre le gaspillage des ressources alimentaires dans les moments de disette, mais qui préféreraient cependant voir disparaître le genre humain plutôt que d'apporter la plus légère entrave au commerce, des praticiens et des savants ont été touchés de ces doléances.

Ils se sont demandé si les conceptions de Parmentier, de Mège-Mouriès et d'autres savants sur le rôle du pain dans l'alimentation ne relevaient point de l'utopie et si leurs exigences étaient réalisables.

Après de laborieuses études sur les tentatives opérées dans cette voie et sur les systèmes préconisés, ils parvinrent, en mettant à contribution toutes les ressources de la science, à expulser du blé les produits inutiles tout en lui conservant la richesse alimentaire qui fait tout son mérite.

Les meuniers avaient depuis longtemps déclaré qu'il était impossible de séparer la partie ligneuse des substances reconnues supérieures par les analyses chimiques. L'adhérence de ces matières à l'enveloppe cellulosique présentait de telles difficultés qu'on avait renoncé à approfondir cette question considérée comme insoluble.

Elle consistait à séparer l'enveloppe ligneuse, indigeste et inassimilable des substances placées immédiatement en son contact et renfermant les matériaux tant convoités et tant regrettés par les médecins et les hygiénistes. La difficulté de la séparation est sérieuse, mais elle n'est point impossible.

Écarter toutes les ordures infectieuses, tous les bacilles morbides de la farine, a été le but préliminaire de la nouvelle méthode. Il fallait ensuite extraire du grain de blé l'ensemble des matières riches en principes alimentaires, les séparer des substances inutiles ou nuisibles et préparer la pâte à subir efficacement soit la fermentation panaire, soit la gazéification. Enfin la cuisson elle-même doit s'opérer sous l'influence d'une température constante.

Tel est le programme que le meunier et le boulanger de l'avenir devront s'efforcer de remplir pour conserver au pain toutes les qualités de goût, de nutrition et d'hygiène qu'il doit posséder ; tel est l'idéal dont se sont inspirés les novateurs, qui ont réalisé ces intéressantes conceptions humanitaires et économiques.

NOUVEAU TRAITEMENT DU BLÉ. — Les céréales, et en particulier le froment, représentent notre nourriture naturelle, parce que la proportion des aliments nutritifs s'y rencontre en même quantité que dans l'alimentation normale du premier âge, le *lait maternel*. A côté des substances nutritives indispensables à la formation et à l'entretien des muscles, des nerfs, des os et du sang, il en est d'autres qui sont inertes, inassimilables, constituées par de la cellulose. Tel est le cas pour l'enveloppe du grain, qui est ligneuse et dont la puissance alimentaire est nulle.

Déjà, en 1776, Parmentier disait : « L'enveloppe du grain de blé est sans valeur ; elle doit être rejetée des farines : l'art du meunier consiste à dérober au grain de blé cette écorce, sans la réduire en poudre. »

N'est-ce pas irrationnel au premier chef que de broyer et diviser un fruit pour éliminer ensuite les particules de son écorce? On ne s'avise point d'écraser d'abord une poire, une pomme de terre, une amande, etc., pour en séparer la pelure! La difficulté inhérente au traitement d'une grande quantité de grains ne doit pas être un obstacle à la séparation préliminaire du son, afin que la mouture ne soit plus que la trituration et la classification des produits nutritifs.

La mécanique moderne a fait déjà assez de progrès pour ne point se laisser arrêter devant une difficulté de cette nature. Mais les chimistes sont intervenus. Après des compilations d'analyses, les dosages révélèrent dans diverses parties du grain des substances huileuses susceptibles d'altérer la farine exposée à l'air. Des matières organiques recherchées furent considérées comme peu assimilables.

Enfin, les substances colorées qui répugnaient au public furent déclarées inutiles et même nuisibles.

Les avis cependant présentent de nombreuses diver-
gences sur ces points ; mais comme la meunerie se consi-
dérait impuissante à séparer l'écorce sans éliminer les
cellules albumineuses qui lui sont adhérentes, on s'est
contenté de reconnaître que le système ne comportait pas
de modification.

Pour se rendre compte de l'état de la question, il est
utile d'examiner la constitution du grain de blé.

LE GRAIN DE BLÉ

Sa composition. — Pour établir la complexité de matières
que renferme un grain de blé, il suffit de pratiquer une
coupe longitudinale (fig. 1) et de l'examiner au microscope.
On remarque à l'extérieur les enveloppes n° 1, 2 et 3, qui
sont ligneuses et forment le péricarpe. Elles constituent le
son proprement dit, n'ayant aucune valeur nutritive. Son
élimination des farines a été l'objet constant des préoccupa-
tions du meunier.

Les n°ˢ 4 et 5 montrent l'enveloppe séminale renfermant les cellules de gluten et le n° 6 celles d'albumine insé-
parables entre elles. Cette membrane interne est directe-
ment attachée à la masse farineuse, à l'amande (n° 7) qui
constitue toute la partie centrale du grain. Les cellules
de la membrane interne sont à l'intérieur remplies d'une
matière jaunâtre, au milieu de laquelle sont répandues des
gouttelettes huileuses.

Les trois membranes intermédiaires (4, 5 et 6) sont
particulièrement riches en produits azotés. La proportion
qu'elles renferment n'est pas inférieure à 18,0/0 alors que
l'amande en contient à peine 12,50. Ces produits azotés
forment les éléments nutritifs que l'on recherche dans le
pain.

Des chimistes ont soutenu, entre autres M. Aimé Girard,
membre de l'Institut, que ces membranes azotées n'étaient
pas digestibles et partant inutiles. D'autre part, Mège-
Mouriès a trouvé dans la membrane interne (n° 6) un fer-
ment soluble, la céréaline, qui possède la propriété de
colorer le gluten, de lui faire perdre sa plasticité et de

rendre le pain bis gras et lourd. De ces considérations on a conclu que ces membranes riches en azote doivent être rejetées par la meunerie.

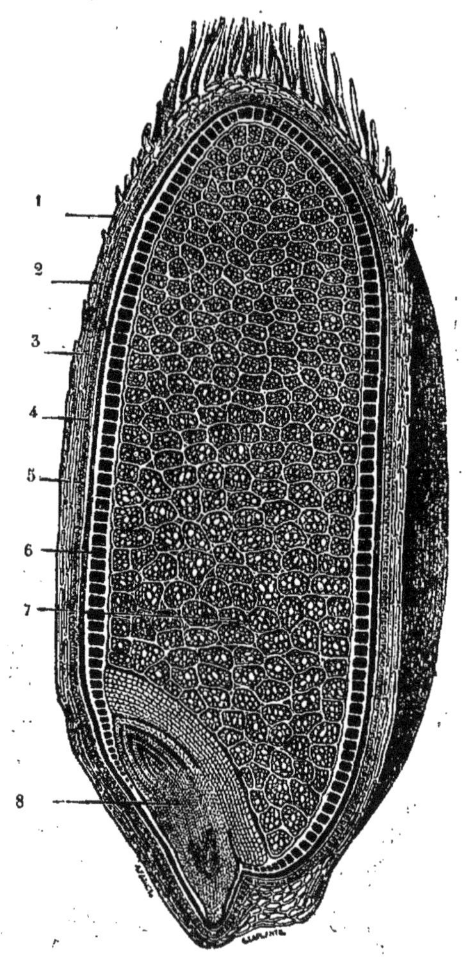

Coupe longitudinale d'un grain de blé.

A la base du grain se trouve le germe (n° 8). Sa constitution présente une série de cellules arrondies remplie d'une matière jaunâtre et entremêlées de gouttelettes huileuses. Sa composition correspond à 5 0/0 de matière minérale, à 12,50 de matière grasse et à 40 0/0 de matière azotée dont une partie soluble.

Il semblerait que le germe doive occuper la première place dans la préparation du pain; mais on a reconnu qu'il renfermait aussi une grande proportion de céréaline, capable d'altérer la qualité des farines. D'autre part, il contient de l'huile facilement oxydable à l'air, qui prédispose la farine à rancir et à donner au pain une odeur désagréable.

Il importerait donc, sous le bénéfice de ces deux inconvénients, de l'exclure des produits destinés à la panification. On conçoit que le commerce des farines, tel qu'il se pratique aujourd'hui, exige que l'on retire du grain des farines inaltérables en raison de leur entassement prolongé dans les magasins...

Les chimistes ne sont point d'accord sur l'action des huiles contenues dans les diverses parties du grain de blé. Tandis que les uns soutiennent que la céréaline renfermée dans le germe et les membranes placées sous les couches ligneuses du son est capable d'altérer les farines au bout de quelques jours, de communiquer au pain un goût désagréable, et même d'entraver la fermentation, les autres, s'appuyant sur l'expérience du traitement des farines à la campagne, refusent d'attribuer à cette substance tous les méfaits dont on la charge.

Pour ne point entraver les spéculations est-il rationnel de sacrifier un aliment aussi important et de perdre les matières qui sont utiles et précieuses à l'alimentation?

Enfin, au sommet du grain, on aperçoit des poils, qui sont visibles, même à l'œil nu. Ce duvet est le réceptacle d'innombrables immondices et l'habitation de nombreux bacilles.

Par leur ténuité, ces poils fins et courts passent à travers les mailles les plus serrées des bluteries.

Dans les farines les mieux épurées, on constate leur présence. Leur élimination devient impossible avec les systèmes de mouture en usage.

Cette cause de propagation de germes morbides doit

disparaître si l'on veut obtenir un pain hygiénique. De nombreuses maladies dont l'origine demeure ignorée n'ont pas d'autres véhicules que ce duvet où sont logées des spores donnant naissance plus tard à des microbes pathogènes.

Il est donc important de priver les farines de ces germes infectieux sous peine de les retrouver dans le pain avec une vigueur nouvelle capable d'engendrer les pires maladies.

ÉPURATION DU GRAIN. — Le nettoyage que l'on fait subir au grain avant de le moudre a pour but d'enlever les corps étrangers qui se trouvent mêlés au grain. Il serait nécessaire d'arracher tous les organes filamenteux qui le recouvrent afin de purifier cette partie du grain des impuretés qu'elle recèle, et déloger tous les animalcules qui attendent l'occasion de pénétrer dans notre organisme afin de montrer leur puissance nocive.

Des moisissures parasitaires se développent sur le grain quand il est recueilli pendant une période humide. Des immondices de toutes sortes peuvent le souiller pendant la série d'opérations qu'on lui fait subir soit pour le détacher de la tige, soit pour le transporter dans les greniers et dans les moulins.

Une immersion momentanée dans l'eau est insuffisante pour écarter les microbes et détacher les ordures qui imprègnent le grain. Une ventilation énergique et prolongée n'est pas plus efficace.

Quelque blanche qu'apparaisse la farine obtenue par les blutages variés, elle n'est point pure. Le triturage du grain, comme il se pratique de nos jours, fait passer dans la farine tous les poils qui le surmontent à tel point qu'un professeur viennois pouvait, à la seule inspection des farines blutées, reconnaître leur provenance par les débris de duvet qu'elle renfermait.

Le but à atteindre consiste donc à dépouiller le grain de son enveloppe avant toute opération de triturage. Les matières qui sont déposées à sa surface se trouveront écartées.

Quand il subira ensuite l'action de la mouture, il donnera des farines pures, exemptes de tout germe infectieux et de toute ordure.

C'est le moyen le plus certain d'éloigner les souillures. D'ailleurs, cette enveloppe ligneuse, qui constitue le son, doit être rejetée des farines.

En résumé, dans la meunerie moderne, l'épuration du grain est insuffisante. Le son réservé à l'alimentation du bétail emporte avec lui les substances les plus savoureuses et les plus nutritives du grain. Enfin, c'est à une farine incomplète, à un pain défectueux, à une alimentation faussée qu'il faut attribuer la cause et la propagation de nombreuses maladies épidémiques.

LA RÉNOVATION

Avec les cultures intensives que l'agriculture cherche à propager, avec la pomme de terre dont l'extension a pris des proportions considérables, il semblerait que le pain ne devrait plus avoir l'importance qu'on lui attribuait autrefois. La multiplicité des légumes, des fruits, des tubercules dont la culture s'est étendue à toutes les latitudes n'a pas amoindri l'influence qu'exerce le blé sur l'alimentation des peuples.

La rapidité des transports au moyen des voies ferrées écarte désormais toute crainte de famine. S'il arrive que des influences atmosphériques réduisent dans certaines contrées la récolte, les ensemencements du blé sous toutes les latitudes, la moisson qui s'opère journellement sur une partie du globe permet d'atténuer la crise dans les pays de disette.

La culture intensive du blé. — Les efforts de l'agriculture tendent à obtenir des récoltes abondantes et surtout à améliorer leur qualité. Les proportions de matières minérales et azotées peuvent s'accroître par une sélection raisonnée des semences.

Le pain doit conserver une place prépondérante dans l'alimentation de l'avenir. Il restera le meilleur des aliments et le moins coûteux. L'estime dont on l'entoure dans la chaumière du pauvre comme dans le palais du riche ne fera que s'accroître avec les progrès de culture.

Les oscillations qui se manifestent par intervalles sur

les cours du blé suivant l'abondance ou la pénurie des récoltes ne doivent point être une entrave à sa culture. La France produit à peine la quantité nécessaire à sa consommation. Lorsque les conditions atmosphériques viennent atténuer le rendement en grain, la hausse survient et se répercute sur le pain.

La hausse du pain suscite toujours de vives alarmes. La dernière récolte a été obtenue avec un déficit inquiétant. La progression du prix du blé s'est opérée rapidement en raison de la médiocrité des récoltes dans les divers pays d'Europe.

Elle n'a point franchi les limites que l'on redoutait; cependant, le prix du pain a progressé de telle sorte que des réclamations nombreuses s'élevaient, de tous côtés, demandant aux pouvoirs publics la suspension temporaire des droits de douane.

L'arrêt de la hausse des grains a calmé l'effervescence qui se faisait jour sur cette question.

La sélection. — L'agriculteur doit améliorer ses semences s'il veut obtenir un rendement élevé. Quand une variété de grain trouvera un terrain convenable à son développement et capable de fournir une grande productivité, il devra s'appliquer à sélectionner des tiges portegraines aptes à produire les semences les plus parfaites.

L'amélioration de la plante par sélection ou par croisement exige une attention soutenue. Obtenir de grosses semences, précoces, riches en matières nutritives, avec épis serrés et condensés dans le champ, donnant un produit de bonne conservation, telle est l'idée que doit poursuivre l'agriculteur.

Le sol exerce une action merveilleuse sur la physionomie et la composition des plantes.

Les engrais leur communiquent des propriétés remarquables et font passer dans les fruits des éléments qui les rendent plus précieux.

Les facultés germinatives varient d'une année à l'autre, avec la nature du sol. La plante doit être l'objet de soins constants si l'on veut améliorer la semence. Le choix du terrain, l'emploi des engrais, le travail intelligemment opéré donneront un blé abondant et riche en matières alimentaires.

LE GERME ET LE SON. — Le blé lavé et nettoyé est, suivant la destination des farines, dégermé, bien que l'action du germe sur leur détérioration ne soit pas absolument démontrée. Les chimistes épiloguent sur le cas; les économistes approuvent.

La séparation du germe s'opère en le faisant passer dans un appareil, qui entr'ouvre légèrement les deux lobes du grain. Le blé, à peine déformé par ce travail, est envoyé dans un autre appareil, qui a pour but d'extraire l'enveloppe ligneuse.

Cette partie du travail est très délicate; elle est aussi la plus importante au point de vue économique. La réforme des systèmes surannés repose sur cette opération.

Elle donne satisfaction aux hygiénistes parce qu'elle éloigne tous les germes morbides; elle est approuvée par les économistes parce qu'elle conserve tous les éléments nutritifs du grain. Elle est combattue, comme toutes les innovations, par les grands industriels, qui redoutent les conséquences d'une nouvelle méthode, entraînant des changements profonds dans leur outillage.

LA MOUTURE. — Le grain émondé, puis épuré, est ensuite soumis à la trituration. Ce travail perd l'importance qu'on lui attribue dans la meunerie moderne.

Que la mouture soit plus ou moins grossière, le produit obtenu sera toujours semblable à lui-même.

Le sassage et le blutage deviennent inutiles puisque les opérations préalables pratiquées sur le grain l'ont dépouillé de son enveloppe.

LA PANIFICATION. — Les farines obtenues par le broyage complet du grain seront moins blanches que celles extraites aujourd'hui par les blutages répétés. Elles auront une teinte jaunâtre apportée par les matières glutineuses qui font leur mérite.

Le traitement pour la panification comporte des améliorations qui donnent au pain une finesse et une délicatesse inconnues avec les procédés modernes. La richesse élémentaire est doublée, la saveur accrue.

De temps immémorial, la farine pétrie pour la préparation du pain a subi une fermentation. Le pain azyme ou pain sans levain de l'Égypte et de la Judée n'a guère servi que dans les cérémonies religieuses.

Le levain ou pâte acide délayée dans la masse pâteuse rend la fermentation uniforme, et le développement d'acide carbonique qui se produit soulève la pâte et donne au pain une porosité précieuse pour la digestion.

Il n'est point indispensable de développer la fermentation dans l'intérieur de la pâte pour obtenir un pain poreux : on peut lui communiquer ces soufflures légères par des procédés mécaniques et réaliser ainsi l'économie de la farine qui fournit par la réaction l'alcool et l'acide carbonique.

La fermentation panaire est avantageuse quand on traite de petites quantités de farine ; mais dans les installations industrielles elle cause des pertes en farine qu'il serait utile d'épargner. Ces pertes se traduisent par des sommes importantes qu'un léger mécanisme peut empêcher.

La fermentation est la cause de toutes les altérations qui surviennent aux farines dans la fabrication du pain. Les huiles du germe et de la membrane intérieure sont profondément affectées. On attribue la coloration grise du pain à l'action de ces huiles sur le gluten.

En supprimant la fermentation, le pain conserve la blancheur de la farine primitive. Il peut être soumis immédiatement à la cuisson.

LA CUISSON. — L'attention des novateurs a été attirée sur cette partie du travail de la panification. La forme des pains pour obtenir une cuisson complète, la forme des fours, la température de cuisson, tout a été étudié avec soin.

En résumé, la méthode qui fournira le pain de l'avenir repose sur une étude complète du grain et de son application à la panification. Les mécanismes établis pour réaliser le système sont disposés avec simplicité.

AVANTAGES DU NOUVEAU PROCÉDÉ

La nouvelle méthode préconisée par de hardis nova-teurs comporte tout un système d'appareils. Depuis le traitement du blé jusqu'à sa transformation en pain, toutes les opérations ont été l'objet d'études minutieuses, qui apporteront une révolution dans la première et la plus importante de nos industries.

Ce sujet attachant nous ramènera à décrire un jour, d'une manière complète, le nouveau procédé avec ses appareils et sa théorie. L'économie résultant de ce traite-ment du blé apportera une perturbation profonde dans la production et l'utilisation des céréales.

Au pain féculent convoité aujourd'hui, et servant à la propagation des anémiques, sera substituée une nourriture fortifiante. Cet aliment proviendra des mêmes sources, sera tiré du même grain de froment mieux utilisé, et ren-fermera une puissance nutritive bien supérieure aux plus fins gruaux, que la meunerie éprouve tant de difficultés à obtenir.

Les ordures infectieuses seront éliminées et l'épuration des bacilles pathogènes sera opérée avant tout traitement du grain. Le pain obtenu conservera toutes les qualités nutritives du grain, possèdera toutes les vertus hygiéniques que l'on est en droit d'exiger d'un aliment de première nécessité.

C'est la régénération de cette nourriture tant discutée par les médecins et les hygiénistes. Le pain reprendra la place qu'il n'aurait jamais dû céder à la viande et à tous les éléments riches en azote que l'on a introduits dans l'écono-mie domestique.

CONCLUSION

Cette nouvelle méthode du traitement du grain de blé montre que la voie suivie jusqu'à ce jour pour son épuration et son travail marchait à l'encontre du but poursuivi.

Le problème consistait à extraire l'enveloppe ligneuse du grain, matière inerte, sans entraîner avec elle d'autres substances nutritives. De plus, ces matières riches en produits azotés sont d'une conservation difficile, en raison d'une huile logée dans leurs interstices; enfin, non seulement cette huile est facilement altérable à l'air, mais encore elle cause pendant le travail de la fermentation des accidents tels qu'elle occasionne le noircissement des farines et leur donne un goût particulier.

La solution a été trouvée par l'application des méthodes et des appareils noûveaux destinés à produire la régénération du pain, par la conservation de tous les principes utiles que l'on rencontre dans le grain de blé. On a fait œuvre utile en améliorant un aliment supérieur, sain et nutritif.

Le pain obtenu est non seulement un pain de luxe, mais un pain d'agrément, d'un goût agréable, rappelant la noisette, se conservant frais pendant plusieurs jours. Le rendement du grain transformé en farine peut atteindre avec la nouvelle méthode jusqu'à 85 0/0, tandis qu'on recherche aujourd'hui à bluter des farines à 60 0/0 et même à 55 0/0. Il en résulte que les grandes quantités de farine contenues dans les issues sont perdues pour le consommateur.

Il faut bannir de son esprit cette idée que la blancheur de la farine et du pain est un indice de leur qualité. Elle dénote au contraire que les éléments nutritifs sont en faible proportion, puisque la nature de ces substances est d'être colorées.

La constitution élémentaire de la farine varie nécessairement avec les sortes de blé soumises au minotage, avec le climat et avec le terrain.

Les blés durs provenant du midi de la Russie, de certaines parties de l'Algérie, de l'Égypte et des côtes de Syrie, donnent des farines renfermant des produits nutritifs en plus grande abondance que les blés ordinaires. L'épaisseur de l'enveloppe séminale acquiert plus de développement. Les farines sont granulées et moins blanches; elles se conservent facilement, absorbent plus d'humidité et fournissent plus de pain.

Pour se bien porter il faut se nourrir d'aliments sains, propres, digestibles, possédant une valeur nutritive suffisante sous un volume restreint. Les céréales présentent ces avantages quand on les prépare avec méthode.

Ces procédés de traitement du grain procureront de grands bienfaits à l'humanité. Le pain pourra suppléer la viande ; son prix s'abaissera devant l'utilisation complète du grain. La consommation augmentera et l'agriculture, si éprouvée, retrouvera une honnête aisance.

Pour atteindre ce résultat, il faut abandonner les vieux errements et s'appliquer à perfectionner les procédés qui doivent apporter le bien-être dans toutes les classes de la société.

TABLE

Le Gérant : J.-B. BRIAUD.

Sceaux — Imp E. Charaire.